HERTA MÜLLER

Der Beamte sagte

Erzählung

CARL HANSER VERLAG

manchmal HAB ICH
mich vermisst oft haben
MICH DIE fremdesten
MÖBEL IM ABTEIL DES
ZUGES unverhofft beim
Wohnen erwischt

An der Ecke war DER
NEBEL ein großer KRAN
Aus Watte ich ging
hindurch und fragte OB
ER DIE Straße heben
kann ER SAGTE nein und
tat es DANN

der NEBEL kommt aus
DEM Niemandsland
und vereinsamt kommt
NICHT von SAMT

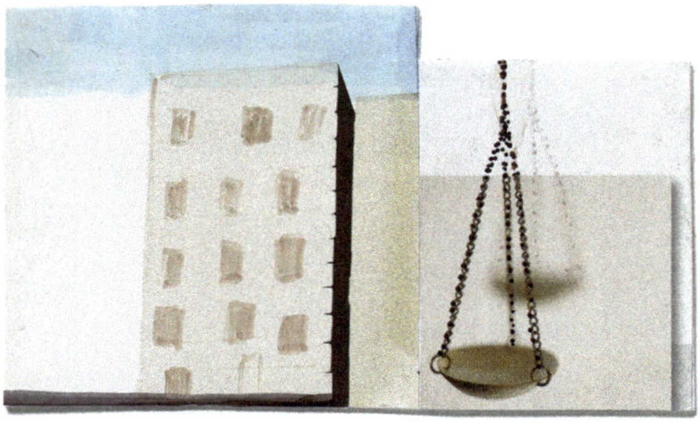

HINTER allen Straßen DAS
Auffanglager Langwasser
AUSSEN himmelhohe Schachtel.
INNEN Kaserne Mischung
aus KASTEN und Ferne

DIE Papiertage DIE
SCHWEIGEHÖFE der kurzen
Sätze die falsch gestellten
Fragen DIE erste Freiheit
wohnte IM Auffanglager hinter
der Stadt neben der Zeit
DORT wohnte auch der
Vogel mit dem Silberkragen

Wenn der Vogel sitzt
macht er den Himmel
traurig Wenn ER fliegt
macht ER die Erde schwindlig
HIN und zurück;

in MIR war noch eine
mitgebrachte Wachsnasige wir
wussten dass wir uns lästig
sind – fürs HALBGESAGTE
mussten wir uns gegenseitig
IN der dritten Person UM
Erlaubnis
bitten

DIE Abende kamen
FRÜH vor dem CAFÉ am
PLATZ blühten Laternen
wie WEISSE Dahlien
IM Schnee

einmal als ich
zu LANG traurig war sprang
ein REH halsbrecherisch
aus DEM Kaffee – seither
nehm ich keine
weiße Tasse mehr

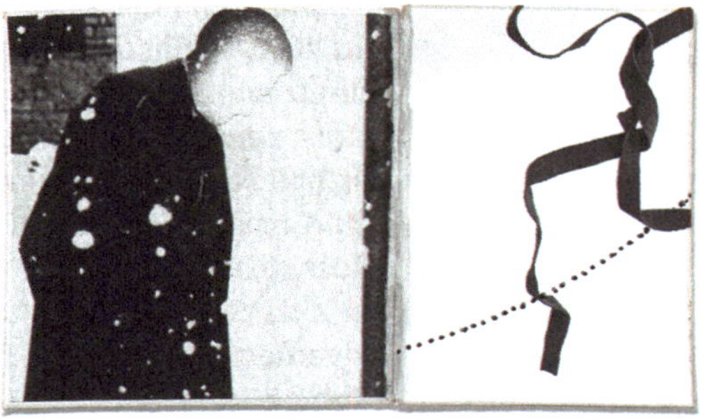

ich habe geträumt Mutter stellt
die Tasche HIN und sagt, schau
ICH hab DIE kurzen TAGE und das
lange Warten mitgebracht *bei dem*
SCHNEE ***sieht*** DIE Sonne
aus wie **Messing** die **Nacht**
wie **Teer** ICH **SAG** **RED** keinen
Unsinn *die*
Tasche ist
doch leer

um den Wasserturm am
PLATZ HING der
Faden einer WOLKE
DÜNN und schwarz

DER Beamte von der
Prüfstelle A sagte Sie
wollten ALSO in ihrem Land
DIE Regierung stürzen ICH sagte
WIE denn ICH hatte eine freche
SCHEU und einen kranken Mut
keine Armee ER sagte gehen
Sie jetzt zur Prüfstelle B

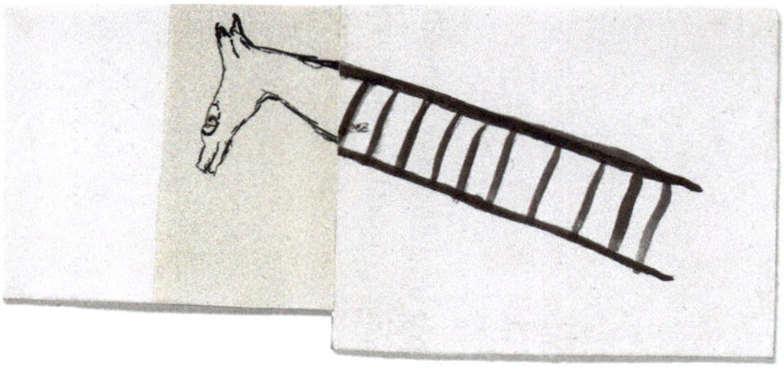

DER Beamte von der
Prüfstelle B stand auf DER
Türschwelle ER rief AA da
sind Sie JA und stellte SICH
als Helmut Fröhlich vor ich
sagte Sie heißen doch
nicht wirklich SO ER machte
Schhhh, und sagte gehen wir in
mein
BÜRO

im INNENHOF
der Prüfstelle B
ging ein VOGEL
MIT Silberkragen wie
ein trauriger Wächter
über den Schnee

DER sogenannte Herr
Fröhlich von der Prüf stelle B
sagte man wusste, Sie wollen
den Sozialismus nicht wieso
sollte der Sie wollen
DA sind ein paar Gefahren
absehbar OB das wirklich
politische Verfolgung WAR

DER sogenannte Herr Fröhlich VON DER PRÜFSTELLE B fragte haben Sie NIE ein Heimatgefühl ICH sagte doch ABER ES ist EIN Hasenkostüm und ICH BIN HAARGENAU grau darin,

DER Beamte
SAGT HEIMWEH
ist keine GUTE
Idee ICH SAG
kann sein. Erst haucht ER
einen RUNDEN Stempel AN
dann sagt ER ALLE
Berge SIND aus STEIN

der Beamte
sagte Heimat
ist NUR
unter den Füßen konkret
da für ist ES wohl zu
spät auch wenn SIE das
traurig MACHT KOMMEN Sie
MORGEN um acht Uhr acht.

DER Beamte SAGTE ER
sei auch Hundeexperte
spiele Cembalo und
HALTE ebenso drei
gelbe Pferde ich fragte Wo

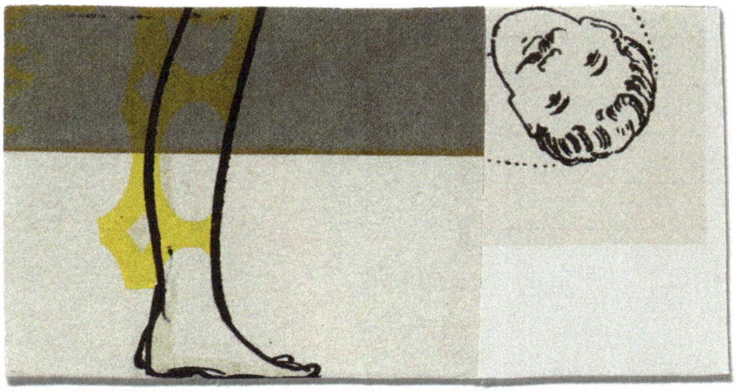

Ich dachte DER Beamte
erklärt mir jetzt das spätere
Prozedere, dann sagte ER
ES gibt endliche UND ewige
Gesichtspunkte, der Fasan
geht BARFUSS doch DAS
Gesetz steht UND ES hat
mehr als zwei Schuhe AN

DER Beamte sagte sicher
kennen Sie das Prozedere
erstmal kommt das Zehnte
dann das Achte egal wie
oder anders gesagt SIE kommen
von WEIT HER ES gibt MEHR
Geheimnisse als Bahnhöfe

DER Beamte flüsterte NA
klar gibt ES 13 kahle
Schicksale aber auch 17
Zukünfte meine Frau
SCHWÖRT am schärfsten
war BISHER DIE fünfte

der Ringfinger des
HERRN Fröhlich klopfte
wie ein STÖCKCHEN auf den Tisch
ich war HUNDSMÜDE dachte
AN nichts und SAH wie die
Spätsonne AM Himmel ihr
wildes KALTES FEUER machte

IM PARK DiE hohe
KUNST des Benehmens der
Eichhörnchen ihre 91 Übungen
in den KALTEN Bäumen
ich fragte mich ob nichts
ODER Viel oder alles
daran Strafe
SEIN kann

IM PARK SAH ich DEN
sogenannten Herrn Fröhlich
von DER Prüfstelle B er
rief Tock – Tock UND ein
Hündchen gehorchte hüpfte
und lief kurze Beine langes
FELL hellbraun Milchkaffee
MIT SCHAUM

als er IN den dunklen
Wagen stieg SAH ich
IN den hellen fremden
Staub und schwieg

Der SCHNEE tanzte bevor ER
IM Gras saß als WISSE ER
dass man ihm zuschaut wie
ER SICH am Straßenende ein
Kopfkissen baut mein Kopf war
le er mir kamen die TRÄNEN
WER weiß WOHER

spielt ES friert ES wie
ALT wird ES WENN das
Eichhörnchen IM Park SO
sprang UND sprang turnte
unterm Fell EIN Spielzeug
aus Unschuld und Haut EIN
Akrobat ODER EIN Bumerang.

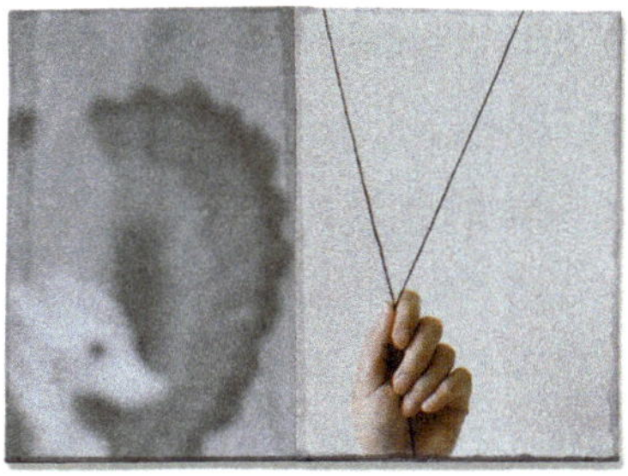

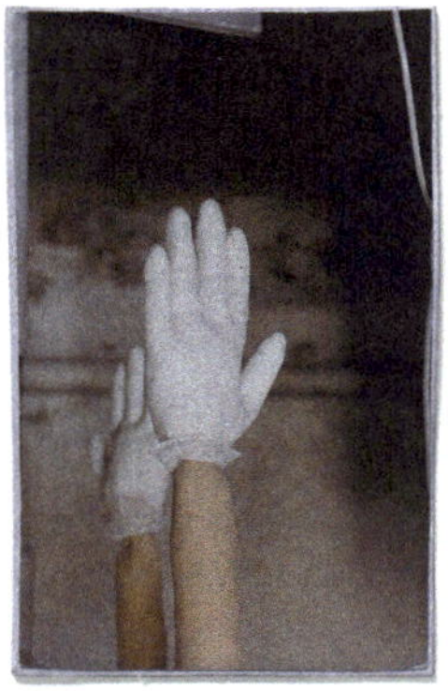

– aber EINMAL
stellte sich
DAS EICHHÖRNCHEN aufrecht
mitten in DIE große Allee UND
versuchte MIT verdrehten Augen aus
Jade in DIESER Kälte
ZU BETEN –

Vor dem CAFÉ zupfte MICH
eine unbekannte stark geschminkte
Dame AM Mantel und SAGTE
mit russischem Akzent meine Liebe
Sie müssen wissen der VOGEL IM
Käfig verging in sich SO still
wie EINE Handvoll Schnee er
bekam zuletzt EIN Kindergesicht
das war zu viel

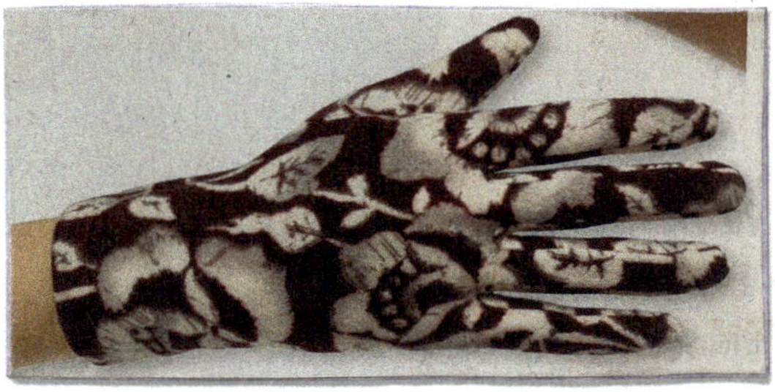

iM CAFÉ AM
Platz hing
EiN leerer
KÄFiG DER
Vogel mauserte sich EIN
halbes JAHR - und als er
damit FERTIG war WAR
NICHTS mehr drin SAGTE
eine KELLNERIN

ICH geriet OFT INS CAFÉ
am Platz (VIELLEICHT) nur
UM ZU fragen hatte der
Vogel einen SILBERKRAGEN
jedesmal WENN ICH dort
saß ließ MICH sofort
DER MUT im STICH

Der Mann
mit der
Zahnlücke
sagte: jeder
VOGEL
IST ein RÄTSEL kennen Sie
den Neuntöter man sagt ER
fliegt einen TAG Rubin und
einen TAG Smaragd und dass er
rückwärts singen KANN
ICH hielt den Atem AN –

im Café
am Platz
erschien DIE
Frau mit
dem Dutt
SIE trug als Brosche einen
Vogel aus PERLMUTT – ich
fragte sind SIE öfter HIER
SIE sagte FAST täglich
und setzte sich ganz nah
AN den leeren Käfig

IM CAFÉ sagte
die *unbekannte* stark geschminkte
Dame mit dem russischen Akzent
einmal fand ich ein Hündchen
seine Haut war kurzhaarig ein
warmer Pfirsich *manchmal*
FAST durchsichtig ES WAR
nur ATEM drin später
wurde ICH Näherin

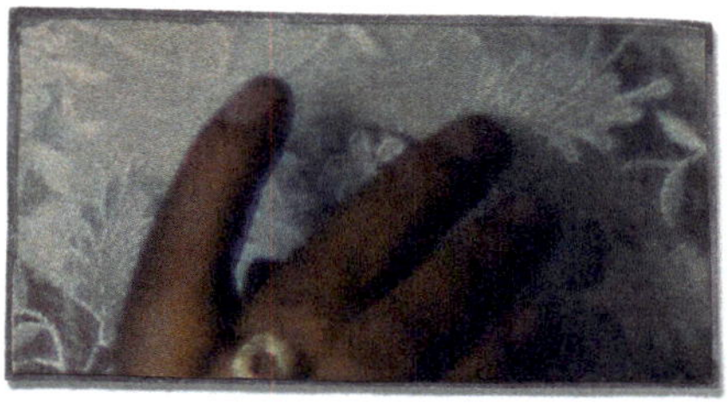

Stand ein ALTER HERR vor MIR an der Theke schaute auf den ZETTEL in seiner Brieftasche drehte sich UM und fragte Entschuldigung WAS IST ein Obelisk

gegen ABEND schob SICH
eine schrecklich müde
körperwarme Ferne über
UNSER Haus dann kam
EIN irrer WIND UND
ZOG DAS letzte
HEMD aus

vor dem Auffanglager
schaukelte EINE Laterne
HIER LAG DER Nachtschmee
schwindlig WEISS drapiert
ALS käme ER VON DORT
WO DAS Leben den
Faden verliert

ICH habe geträumt Mutter
legt ihre Lacktasche hin
und ES bewegt sich WAS darin
Sie sagt ICH hab MEINE
Angst mitgebracht DIE WELT
schaukelt und DU WILLST
glücklich sein such dir andere
Freunde komm heim

DER Beamte HOB die Arme
wie ein großer VOGEL
und sagte OH OH OH
ich starrte ihn AN
und fragte WIESO

kaum dass ICH SASS

WAREN die BÜROS UM

DEN Tisch rundherum

nacheinander

BODENLoS

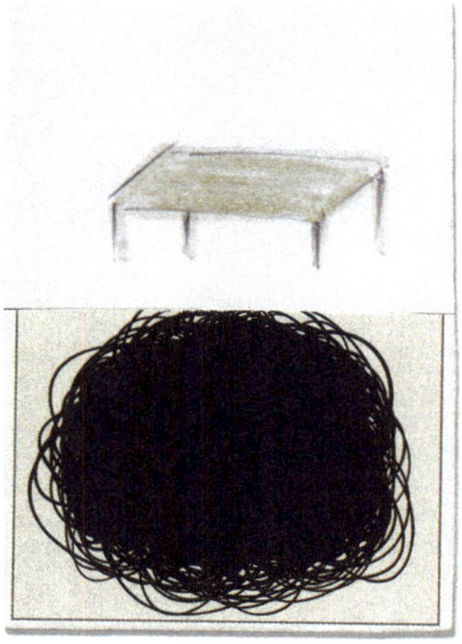

dann Saß die mitgebrachte
Wachsnasige müde neben
MIR oder ich neben ihr
und SIE sagte zu mir oder
ich zu ihr MENSCH ICH
bin nicht HIER ES ist
nur EINE Milchglastür

Der Beamte fragte nacheinander - Sie WUSSTEN IMMER was Sie SIND ICH sagte JA - DAS heißt doch, Sie WOLLTEN Staatsfeind sein ICH sagte NEIN - SIE hatten aber konkret NICHTS dagegen ICH sagte so kann MAN nicht reden.

Der Beamte mit dem
OH, OH, OH sagte Sie erzählen
IHR Leben IN Schlangenlinien
VON innen – aber was
WIR unter Erzählen verstehen
IST von außen gesehen

IM Büro
des Beamten
mit dem OH OH OH stand EIN
nackter Nagel aus der Wand
sein Kopf war STAUBIG
ICH dachte, wenn ich jetzt
NICHT REDE spürt ER dass
ich IHN BEOBACHTE

DER Beamte mit DEM

OH OH OH zog den

Hals ein UND RIEF herje

ICH SEH schon ICH SEH –

ICH saß halb

am Tisch und

FRAGTE NICHT

WAS

der Beamte
mit dem OH OH OH fragte
AB welchem TAG ICH ein
Staatsfeind war. ICH sagte
Sie glauben, jahrelang fängt
plötzlich an einem
Montag AN

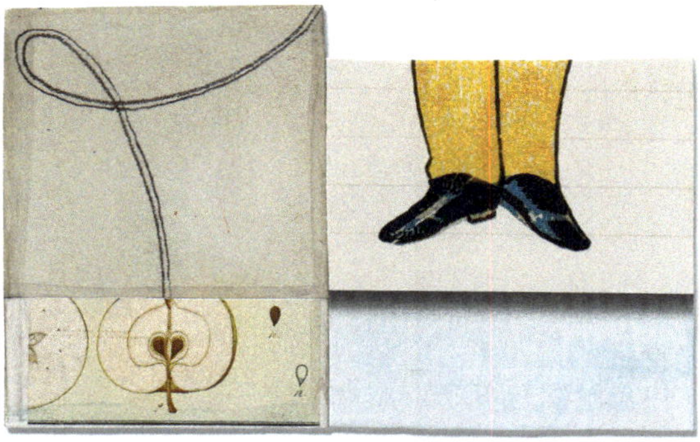

der Beamte sagte
Es gibt zahllose
laufende und abgeschlossene DATEN
ICH verstand zahnlose laufende
und abgeschossene Soldaten und
hörte mich sagen hier vergehen
DIE TAGE UNGETRAGEN

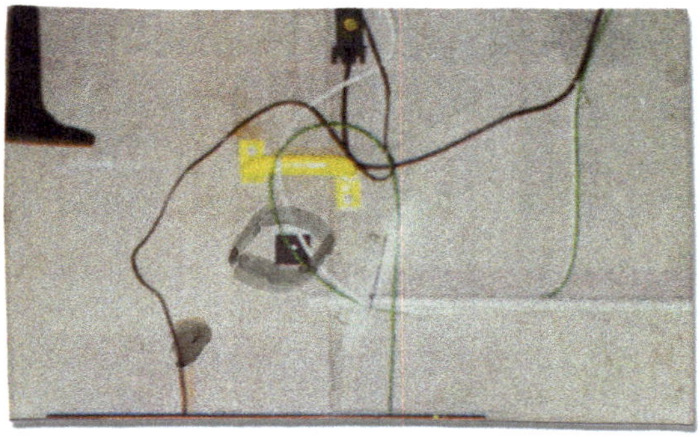

Der Beamte sagte man
weint nicht, EGAL WAS
MAN meint ICH sag eine
Schlinge WIRD kein Hut
EGAL WAS MAN tut
Er SAGT absolut

Der Beamte sagte
HIER haben wir 35
Fragen, beginnen wir mit
Frage 4 DIE ZAHL
gefällt mir ER lachte IRR

Der Beamte sagte Sie
müssen sich endlich entscheiden
SCHWEIGEN gehört zwar
ZU DEN Königsdisziplinen
aber REDEN hilft IHNEN
SEIN Schnurrbart HING
unter der Nase wie
SCHWARZES GRAS ALS
ER die ERSTE Frage las.

DER Beamte
fragte: geboren ? ICH sagte
es SCHEINT so seine
Augen (warteten) wie nasse
Kieselsteine bis ER schrie
WIR WISSEN trotzdem
WANN und WO

DER Beamte

sagte die Außenseite der

SEELE ist DAS Gesicht ICH

fragte UND was ist DIE

Tragweite DER Angst und die

Innenseite der Herrschaftspflicht

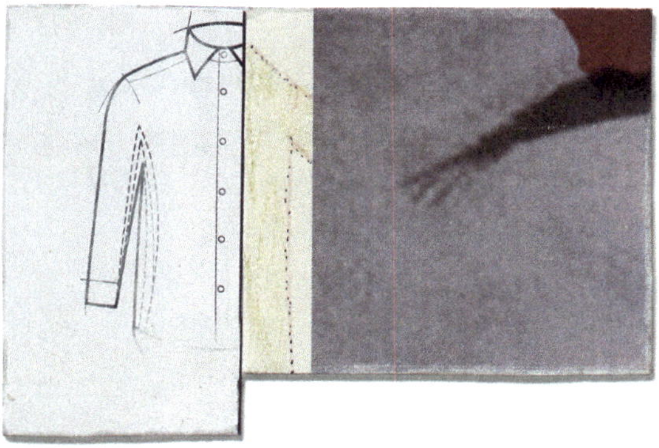

der Beamte machte EIN
Kreuz AN DIE ACHTE Frage
streichelte seine Glatze UND
sagte Wir sind nah dran
mal SEHEN ob DIE
Katze schwimmen kann

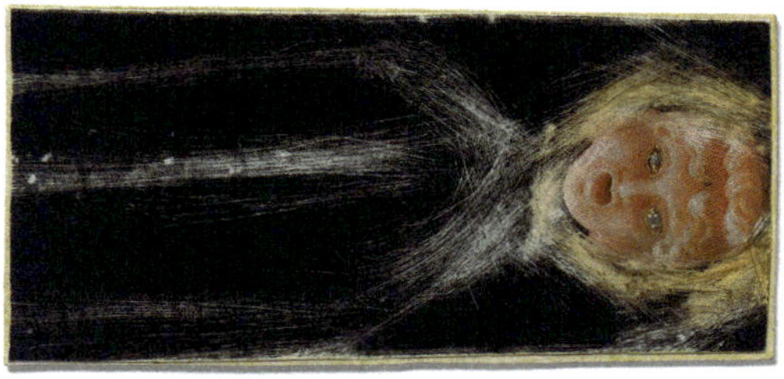

IM CAFÉ AM Platz sagte
die unbekannte stark geschminkte
DAME mit dem russischen Akzent
viel SCHNEE macht VIEL
Heimweh nicht WAHR
ich fragte seit wann sind
Sie hier Sie sagte ES war ein
atemberaubendes Apfeljahr

DER unbeschwerte delikate
Satz WAR leicht wie auf dem
Dach weißblaue Watte gleich
danach KAM DER verkehrte
und War SCHWER WIE
NASSE Erde

DA fragte die mitgebrachte
Wachsnasige WARUM ICH zum
RÜCKWEG vom CAFÉ INS
Auffanglager HEIMWEG sage
das Wort IST zweischneidig,
ES hilft auch NICHT

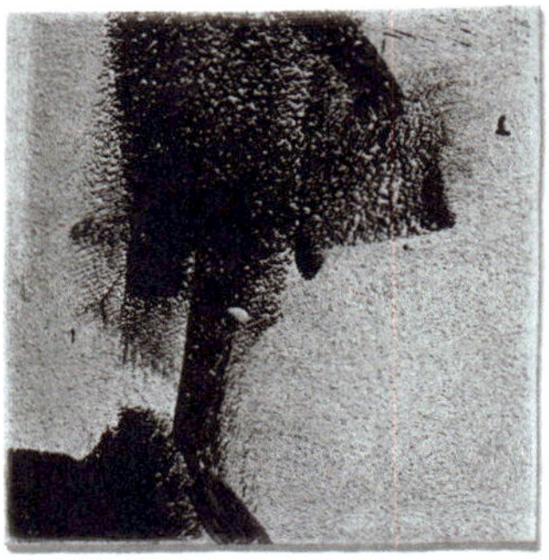

MAN kann
SO viel
reden wie
SCHNEE

fällt das WIRKLICHE
FEHLT der MUND lässt
MICH allein wenn ER
MEIN Leben erzählt

ICH habe geträumt im Café AM
Platz sagt die Kellnerin AB heute
mit Ausweis ICH ZEIGE ihn SIE
hält IHN ANS LICHT und sagt
nicht schlecht gedruckt ICH SAG
ER ist ECHT Sie sagt aber
nicht von hier. UND ICH bin
SO dumm und sag auch
noch Entschuldigung

Der Beamte sagte SIE hatten
einen HAUFEN Glück
ich fragte wollen SIE mit
meinem Leben tauschen ER
sagte das Wort HAUFEN
nehm ICH zurück ich sagte
viel mehr stört mich das Wort
GLÜCK

Der Beamte sagte Sie sind So empfindlich, wie kann das sein im seinem AUGE hing ein Äderchen wie EIN Insekt IM Bernstein

was verstanden die Beamten von
BIOGRAPHIE IM Nacken von
Wahrheit UND LÜGE
saß eine JAHREALTE
Wilde versteckt gehaltene
EWIG KALTE Melancholie

Alle Details WAREN gewichtlos die Gründe KLEIN DIE URSACHEN groß.

DER Beamte schrieb
das Protokoll und MIR
SCHIEN jedes Wort
erfindet gegen seinen eigenen
Sinn ein HEMD aus
Papier
für ihn

Und am Himmel DER
Kissentransfer Wolken
die WOLKEN vertreiben
mein Herz WAR kein Kissen,
Ich dachte ans BLEIBEN

im Traum stand Mutter mit
einem Fächer aus TIERHAUT
AM Stadtrand SIE SAGTE ich
BIN SO allein DEIN Vater
ist wieder Soldat mich springt
DIE ZEIT AN sie SOLL EIN
bisschen tanzen DAMIT ich
LACHEN kann

Ich habe geträumt *Mutter* sagt
dein VATER ist wieder Soldat
ich bin SO allein ICH frag
gibt ES *Krieg* Mutter SAGT
nein ER wird doch nur bestraft
WEIL DU DAS Land verraten
hast, die KASERNE ist EIN
NEST *aus* Stacheldraht

AUF dem Zaun der Baugrube
landete der Vogel MIT dem
Silberkragen zirpte übermütig
ich hatte IHN SCHON 3 MAL
gesehen diesmal sang ER
auch mit den ZEHEN

DIE Baugrube WAR eine
falsche hundekalte pelzige
tiefe unberührte verwirrende
Zuckerkiste jeder SPAZIERGANG
machte mich schneekrank

Eines Tages die Reihe der Schneemützen auf dem Bauzaun – verstörend schön ich weiß nicht wieso ich SIE zählte WAS MIR fehlte

DER EINKLANG
zwischen SCHNEE und Erde
IN der Baugrube stieß
mich stundenlang IN eine
blöde Sehnsucht die war
SCHWER und SCHRECKLICH LEER

Die mitgebrachte
Wachsnasige sagte EINE von
uns beiden verteidigt
IMMER noch DEN Irrtum
der fünften Himmelsrichtung

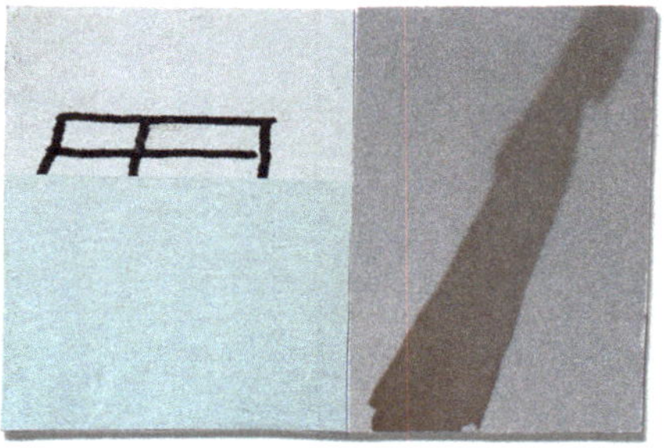

mit DER ZEIT wurde
der alte Schnee in der
Baugrube sonderbar
WIE HAUT die NOCH NIE
an der SONNE WAR

Der Beamte fragte NA wie war Ihr Spaziergang ich sagte dorfweiß und schneekrank ER hob DIE Arme und machte sein OH OH OH ICH hob DIE Stimme UND machte genauso ...

DER Beamte fragte haben
Sie Zeugen iCh sagte JA
5 sind TOT und 9
nicht DA ER sagte
aha

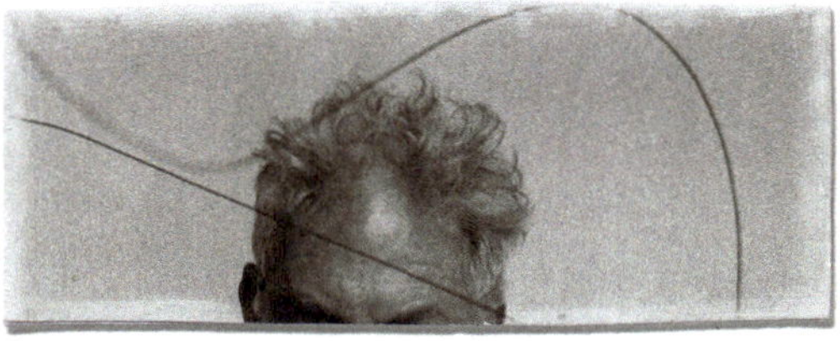

DER sogenannte HERR Fröhlich
von der Prüfstelle B sagte
Sie haben praktisch eine
viel zu alte Vorgeschichte
ich SAH 3 Schuhe unter
seinem Tisch UND sagte
theoretisch ist sie wahrscheinlich
nicht älter ALS ich

DER SCHNEE zog jeden TAG
die nächste Weiße Weste AN
immer wieder WIE IM Fieber
DER sogenannte HERR Fröhlich
von der Prüfstelle B erklärte
dass ein FEIND sein LAND
nicht wirklich lieben kann

die WAHRHEIT
war nicht wirklich WIE
BROT und MILCH SIE
verlor und gewann UND
zog jeden TAG ihr altes
HEMD an.

DER Beamte fragte IHRE
Freunde SIND alle Staatsfeinde
kennen SIE auch andere Leute
ER hatte unterm KLEINEN
Finger eine behaarte Stelle als
wachse aus jeder Hand – EINE
Maus heraus

UND EINES TAGES
HAT JEMAND gesagt,
DIE einsamste Heimat ist
ein OVALES Quadrat

Es KAM EIN Brief
auf dem handkleinen Blatt
stand dass man den
engsten Freund erhängT
IM BAD gefunden hat

VERLUST IST eine FALLE

kein Gefühl mir fehlte

ALLES ich war MIR

ZU VIEL

über DEM Platz DIE Wolke war EINE WAAGE rechts hing ein Baum UND links hing ein Dach und MITTENDRIN EINE Totentrage

ICH SAH
wie DIE
MAGERE
Katze eine handbreit überm
Boden AUF den Marktplatz
schleicht und mir schien
SIE IST in dieser Fremde kein
TIER sie ist die vierfüssige
ZEIT im Katzenkleid

Wir hatten ein verkommenes Land,
ES gab Morde unser HAUS
war durchsichtig wir hatten
nicht mal EINE WAND WIR
taten SO mein HERR ALS wär
ES unser Leben keine Biographie
Warum sagte ich DAS NIE

– und wenn jemand
die ganze Zeit Von seiner
ANGST sprach unterbrach
der TOTE Freund: ACH tut
MIR LEID, unser Thema
war mal das ZEBRA

Bei einem Verhör im letzten Sommer schepperte durch alle FENSTER Blechmusik ICH fragte wer SPIELT da ist doch niemand DER VERNEHMER sagte drüben wandern wieder Maulwurfshügel

nach jedem Verhör war ES
Nacht- im KOPF wie in der
Stadt auf dem Heimweg
WAR DER MOND EIN Blechsoldat
IN schwarzen Gärten SAH
ich weiße Dahlien schwimmen
Nichts mehr war Gegenwart

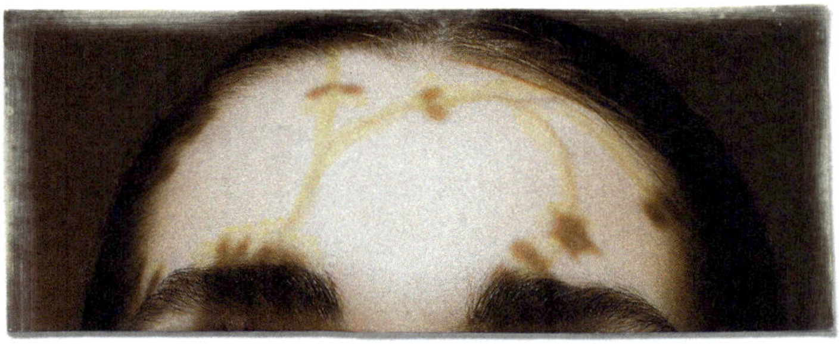

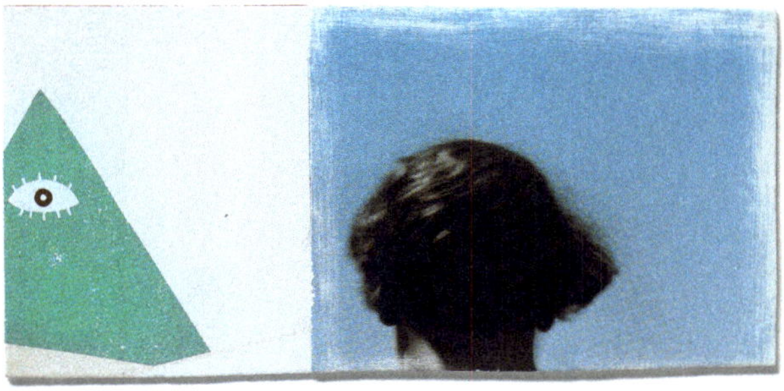

am Stadtpalais war DIE
FAHNE drapiert WIE EIN
halber Vorhang. Wir liefen ewig
MÜD monatelang aus Angst vor
Verhaftung mit der
Zahnbürste in der Tasche herum

nehmen wir AN ICH LEBE
SO gern MAN kann sagte
der tote Freund OB SO ein
SATZ die Zeit WIE einen
Schuh verliert wenn jemand
stirbt ach TRARA unser
THEMA war mal DAS Zebra

das Herz des Hauses
der Sitz der Seele der STAUB
DER Erde der Dorn AM
Rosenblatt einmal hab ich
einen Freund gefragt welche
FARBE hat DER Verrat ER
hat gesagt EIN weißer KOffer
SCHAUKELT durch die Stadt

ich hatte so EIN
nacktes Heimweh es
WAR kahlgeschoren und wie
Baumkronen AN den
Himmel angefroren

ich habe geträumt der TOTE
Freund bringt MIR ein Paar
SCHUHE ich schlüpf MIT den
HÄNDEN hinein der EINE hat
Kein GEWICHT der ANDRE ist
schwer wie ein Stein ER
sagt, probier sie DOCH mit
den FÜSSEN AN ich sag
NEIN jetzt noch NICHT

Mein Schutzengel WAR
EIN Zebra es tanzte
Trara AUF DIE andere
Seite wurde WEISS, so
weiß wie KREIDE

einmal schnitt ich
eine Melone auf SIE seufzte
tief als MAN ihre schwarzen
Kerne SAH RIEF der tote
Freund Menschenskind
DU HAST Sie erwischt
während SIE SCHLIEF

Die mitgebrachte Wachsnasige
sagte, statt Schutzengel
HÖR ich SCHUTTENGEL
Du sprichst undeutlich Du
hörst richtig sagte ich

und DANN
TRAF das TRARA
IM MUND den Wundesten
Punkt DAS INTIME
Recht auf eigene Schuld

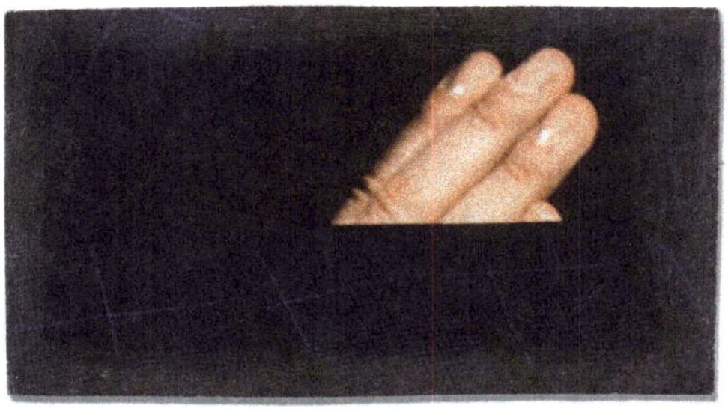

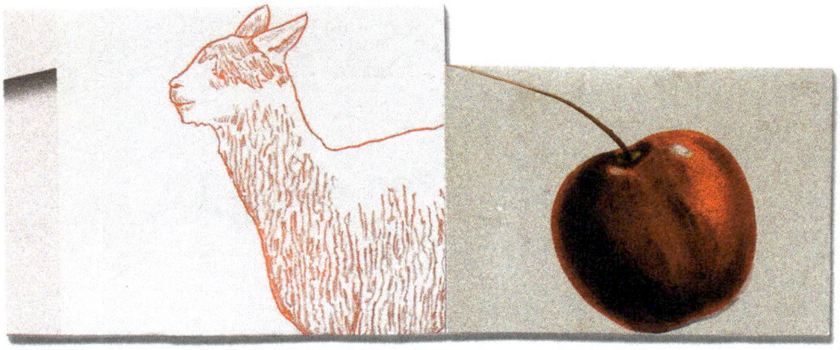

ALS der erste VON UNS
Freunden starb legten
wir ihm eine Kirsche auf
die Stirn dORT war
die Trauer DRIN WiR
waren außerhalb,

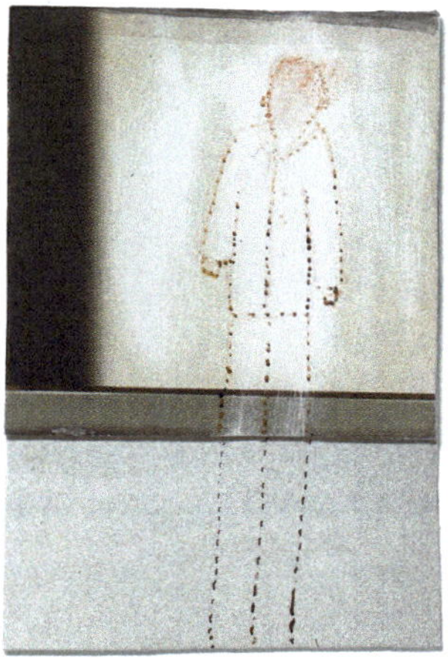

EINMAL sagte
DER TOTE
Freund Wollen
IST weich wie
WOLLE und
Müssen hart wie Nüsse
was kombiniert der SPIEGELTRICK
zwischen Charakter und Verstand
nehmen wir AN ICH lebe
SO gern man KANN

DAS wilde Herz sprang IN den
Kopf wenn nachts um 2 der
Fahrstuhl rauschte auf unserer
Etage stolperte und weiter fuhr WER
weiß wohin die
Nachbarn sagten
ES sind NUR
Geister drin

einer stirbt ohne Abschied
und MAN sieht das SIEB der
Details und kann wieder nicht
beweisen WAS man weiß
DEN herbeigeführten SUIZID
Ich glaub DAS Nie-Gesagte
belügt den STAUB der
ERDE und das Zehenlied

dann stand ICH IM PARK
und sah, dass das alte
Wort TOD ungeahnt mit
neuem SCHNEE DAS Augen weiß
DER ganzen WELT über
der STADT verschüttet HAT

DURCH DAS Wort JA
lief schon IMMER
EIN müdes ZEBRA seine
STREIFEN wurden PEPITA

IN DER KANTINE HOB EIN
HERR die Arme und schlug
nach EINER Motte und einer
schrie lass sie LEBEN DIE
FRISST NUR Wolle. UND aus
der Küche rief eine HOHE
Stimme
das sagen
alle

IN der

Kantine

sagte DER Mann mit DER
Zahnlücke einem jüngeren AM
Tisch nebenan Schauen Sie mal
auch IHRE HÜHNERSUPPE hat
eine Biographie denn DAS
HUHN hat gelebt egal WIE

der Mann MIT der Zahnlücke
erzählte ER wär seit zwanzig
Jahren Veterinär DA beschrieb
ich ihm den Vogel mit dem
Silberkragen und das SINGEN
mit den Zehen ER sagte
mehrmals mit ZITTRIGEM Hals Sie
sollten NIE mehr zur Baugrube
GEHEN

eines Tages
schrie *die*
Frau mit dem
Dutt durch
die KANTINE DU bist kein
Veterinär DU BIST ein Advokat
und hast meinen COUSIN *ins*
Gefängnis gebracht wegen
Landesverrat und der Mann mit
der Zahnlücke biß sich auf die
LIPPE und sagte OCH, BITTE!

DIE Frau mit dem Dutt nannte
die KANTINE Speisesaal und
der MANN mit der Zahnlücke
schlug DIE Hände zusammen
und sagte: Sie ist nicht
NORMAL der ist die fade
HAUT der Erbsensuppe
direkt ins Hirn gegangen

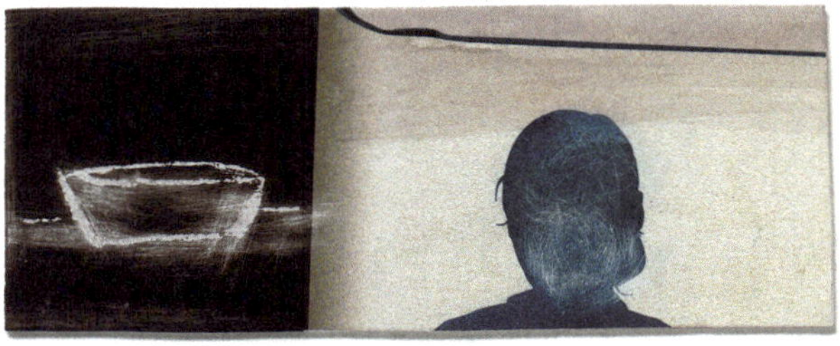

Der Mann mit der Zahnlücke
KAM völlig besoffen IN die
Kantine und lallte DIE Wirklichkeit
lügt mich durchs Leben nicht
ICH UND drehte sich zur FRAU
mit dem Dutt DIE sprang AUF
UND GOSS ihm die TOMATEN-SUPPE
INS Gesicht und
jemand SCHRIE
macht die Teller
NICHT KAPUTT

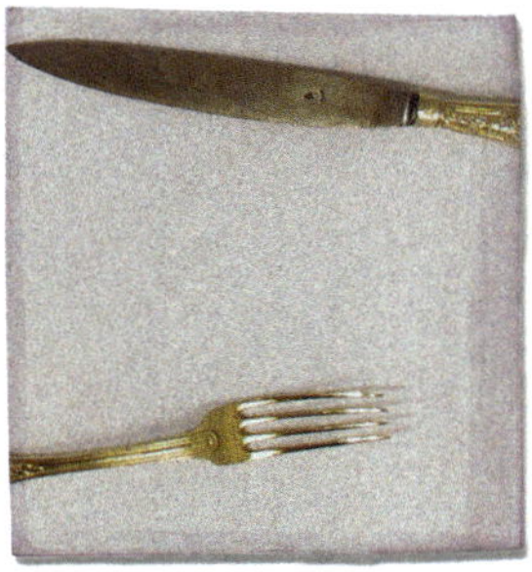

eine junge FRAU streute
IM langen GANG aus ihrer
Handtasche Zucker AUF jede
Bank und SAGTE HIER wird
alles dürr wer gießt bei dir
weißt DU der Garten ist das
Glücklichste an MIR

und ES war kein
MENSCH AUF dem langen
Gang als die Frau nach
dem Zuckerstreuen AUF die
LETZTE Bank aus
DEM Fenster sprang

als ich nach
dem Fenstersprung in die
KANTINE KAM stellte ich
DEN Zuckerstreuer VOM Tisch
ins Regal AN der Wand
wer weiß wie so auf meinem
Tisch- gleich wieder einer
stand DA war DOCH niemand

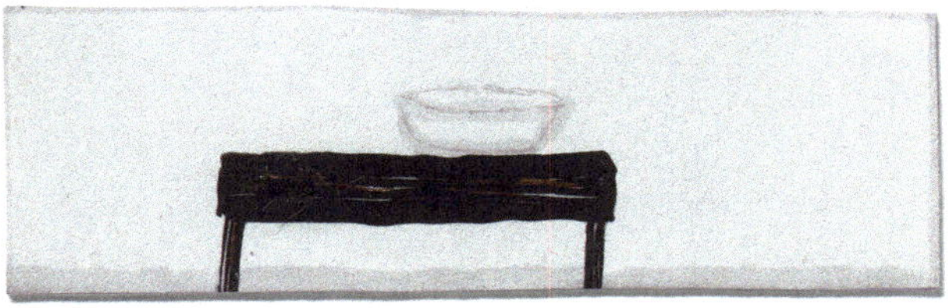

IN DER KANTINE Saß
ICH allein AM Tisch in meinem
Teller spiegelte die Suppe
ein trinkendes Tier es
hörte MICH schlucken und
hatte ANGST vor MIR

DER MANN
am Tisch
nebenan schälte eine Orange
und flüsterte die Sache
WAR geplant ES lag schon
elf Mal Zucker auf DEM
Fensterbrett im GANG
bevor die DAME sprang

nach dem Fenstersprung
der Frau fiel INS
Herz DES PARKS ein
dorfweißer SCHNEE - aus
welcher GARDEROBE zog
DER TOD diesen PELZ
aus Heimweh

DER MANN mit DER Zahnlücke fragte WAREN Sie schon mal OBEN im Chefbüro, dort sind die Stühle gebogen

DAS Büro OBEN auf der
Chefetage SAH fast wie
eine Wohnung AUS etwas
rührte mich die Türklinke war
EINE GOLDENE aprikosengroße
KUGEL wie
AN der
zimmertür
ZUHAUS

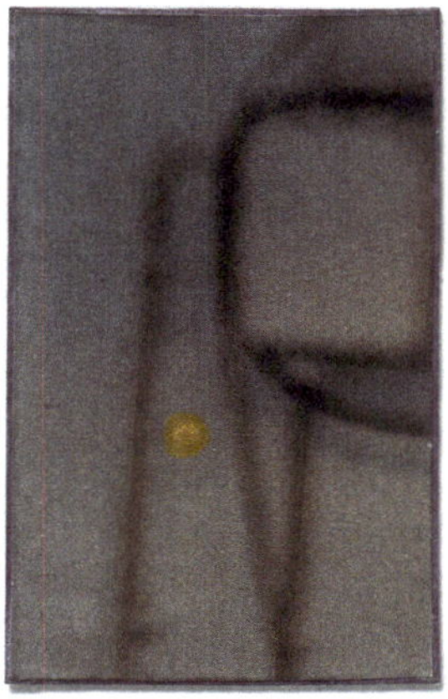

Weil ich SAGTE Ihre
Unterschrift hat den Umriss
einer Eidechse lachte DER
Beamte von der Chefetage
laut und lang bis aus seinem
Mund langsam der Geruch
fauler Blätter kam

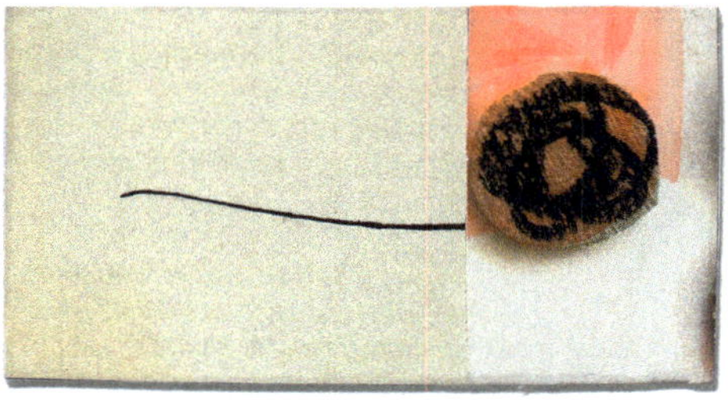

DER Beamte lutschte noch
ein rosaglasiges ovales
Bonbon zu Ende UND
meinte EIN STAAT IST
DOCH keine Person. ICH
sagte manchmal SCHON

DER Beamte KRATZTE
sich unterm Tisch durch DIE
HOSENTASCHE DAS vierte Mal
an derselben STELLE und
glaubte ICH MERK ES
nicht WENN er dabei lakonisch
spricht ich genierte MICH

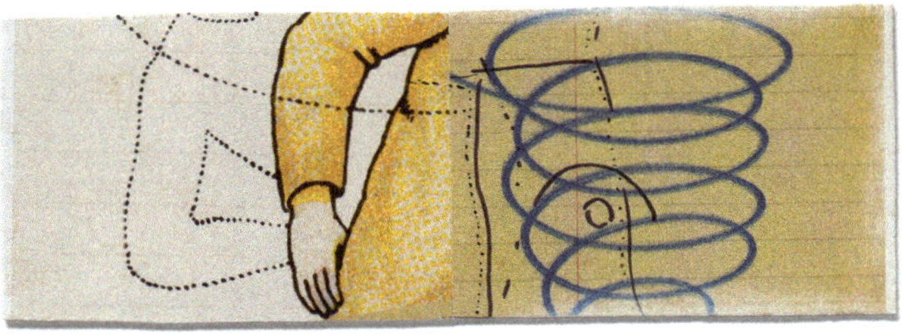

der Beamte von der Chefetage
OBEN sagte WIR erklären
jede Biografie anhand der
geometrischen Schleifentheorie mit
anderen Worten DIE ART der
Schlingen UND Knoten ich
STARRTE auf diese aprikosengroße
goldene Kugel an der TÜR
IN Ihr glitzerte das Nie-Gesagte

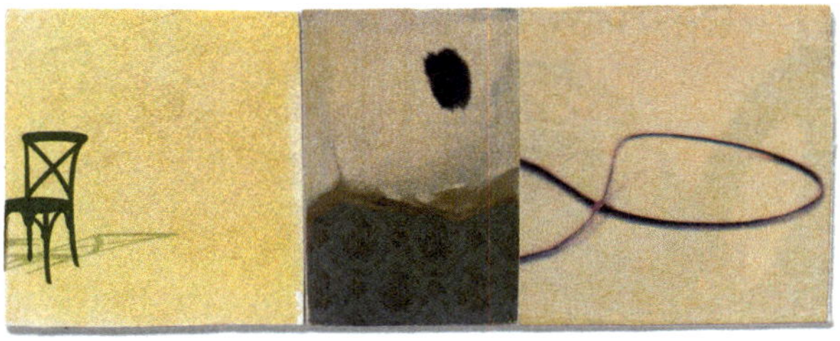

DER Beamte von der
Chefetage oben sagte ER sei
nebenbei auch Historiker UND
schreibe eine Abhandlung über
Verlust und
ZEITSPRUNG
ich fragte:
Hat das mit
MIR zu tun

DER Beamte von der
Chefetage oben sagte meine
eigene Studie zeigt dass
MAN SPÄTER IN sein LAND
ZURÜCKKEHRT ICH sagte
es IST NICHT meins dort
ist nichts mehr was MIR gehört

manche Tage
stand die Sonne
ÜBER DER schmalen
SCHNEESTRASSE wie
ein Goldhelm mit
EINER Federquaste

Ich hatte
den Vogel
MIT dem
Silberkragen
seit TAGEN
nicht mehr

GESEHEN und fragte mich
ob er sich aufgegeben hat
iST ein ZEHENLIED schon
von sich aus LEBENSMÜD

DIE gelbe Trommel
DER Sonne und des MONDES
das andere Land UND die
SCHLAFWAND und der Tod
DES Freundes und DIE
kalte Liebe wie ALTES
BROT – Aufzählen macht
ES IMMER schlimmer

ICH oder DIE mitgebrachte
Wachsnasige fragte WEM DiE
Sonne ihre gelbe Trommel
schenkt UND wer die
TAGE auseinander hängt;
ICH erkundige mich SAGTE
entweder sie oder ich

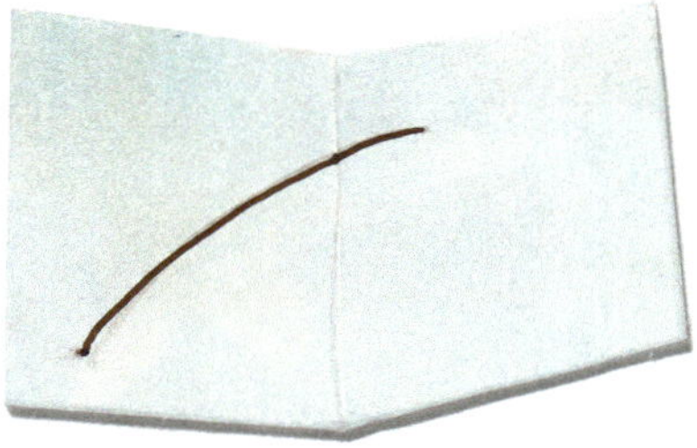

ES kam ein Brief
kein Wort ein LEERES Blatt
und ein schwarzes Haar ES
war nicht aus Seide auch nicht
aus Draht ES MACHTE MICH
IRR- ES blieb WAS ES war
– ein Haar AUS Haar

WEM gehörte DAS Briefhaar
MÜDER Ekel leere Sehnsucht;
UND ES WAR SO ~~EIN~~
dreckiger Handel DRIN mit
gestohlenem Leben und
frivolem Wahnsinn

als ICh zur Baugrube
kam LEGTE ICH DAS
Briefhaar auf die flache
HAND UND WINKTE als
DER Wind es NAHM

wenn du allein bist
wachsen DER Zeit AM
HELLICHTEN Tag
langsam drei HÄNDE
schlimmer IST diese samtene
Pfote am Ende der
Eindeutigkeit

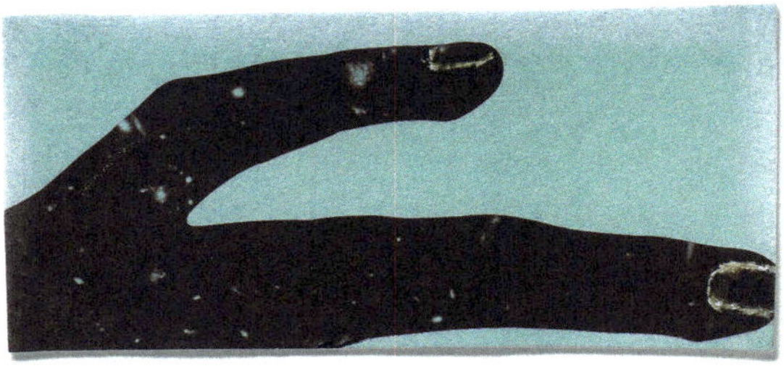

DER SCHNEE war INNEN
Mehl und WOLLE außen
PORZELLAN DIE Sonne
KAM im Heimwehmantel
aus dem Glaskäfig und
wärmte NICHT mal sich

KALTE Liebe wie
altes Brot die mitgebrachte
Wachsnasige sagte jemand
bildet sich EIN dass der
Schnee mit Liebe droht
DU weißt WEN ICH mein

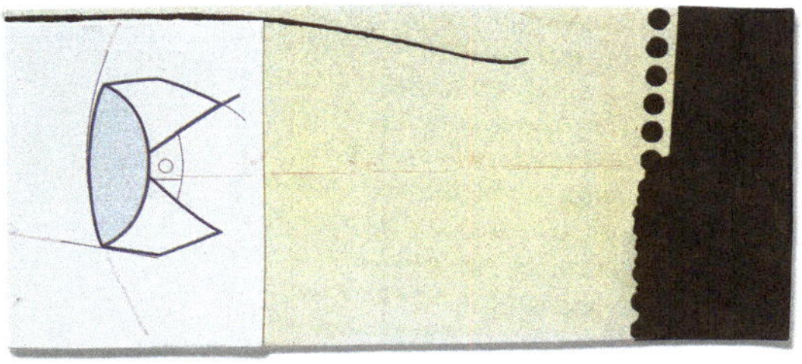

ICH HAB geträumt
Mutter steht
BLASS wie ein
Wachstuch im
SAMTKLEID vor der Kaserne
und sagt ich warte hier dein
Vater wird gerade dekoriert
ICH frag von wem Sie
SAGT von DER Geschichte
WO ist das Problem

iM Café
sagte die
unbekannte
stark geschminkte DAME mit dem
russischen Akzent IM Straflager
kochten wir SUPPE AUS SCHNEE
und Tannennadeln ES IST
wirklich keine Dummheit wenn
ich SAGE dort verliert die
REALITÄT Ihre Wirklichkeit

im CAFÉ sagte die
un bekannte stark geschminkte DAME
mit dem russischen Akzent im
LAGER *waren* die Tannen
KÖNIGINNEN aber *Sie* konnten
nichts dafür wir pflückten ihre
grünen Wimpern und Sie ließen
die SCHULTERN hängen wie WIR

auf der Straße schneite
ES Bartstoppeln, und iM
Café sagte DIE unbekannte stark
geschminkte DAME mit dem
russischen Akzent DER SCHNEE
ist UNGEZÄHMT
und in JEDEM LAGER
verschwindet der Wahrsager

Im CAFÉ sagte die stark
geschminkte Dame mit dem russischen
Akzent tagelang SAH ich durch den
SCHNEE im Lager ein zungengroßes
Brombeerblatt als ich dann
endlich hinkam war ES DER
grüne ROST von einem kupferdraht
ICH fing zu weinen AN

Wenn ich traurig wurde reimte
die mitgebrachte Wachsnasige
IM NIEMANDSLAND
hält die Goldammer ihr
Lied ZUSAMMEN MIT
einer Büroklammer ...

DER Beamte sagte
beachten SIE die beiden
vorgegebenen Zeitebenen
IN der letzten RUBRIK
ICH schwieg

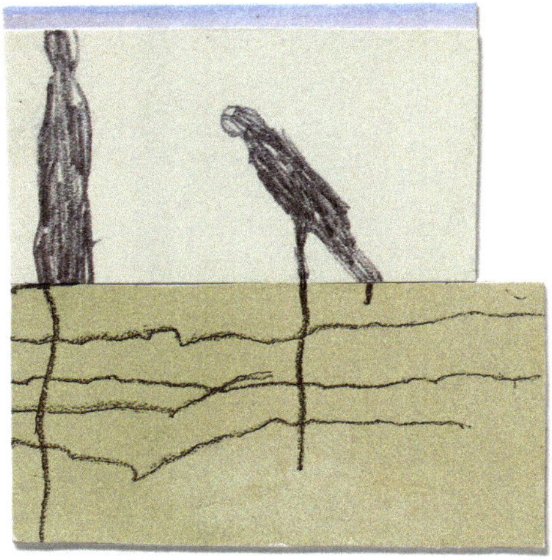

ICH glaub DIE Zeitebenen
sind EIN Gebirge, sagte ICH
der Beamte fragte was ich
damit sagen will DASS ICH
glaub dass die Zeitebenen
ein Gebirge sind sagte ICH
ER sagte ICH BIN doch
nicht taub

DER Beamte MIT DEN
vorgegebenen Zeitebenen sagte
setzen SIE SICH DER
STUHL beißt NICHT ICH
sagte weiß MAN nicht

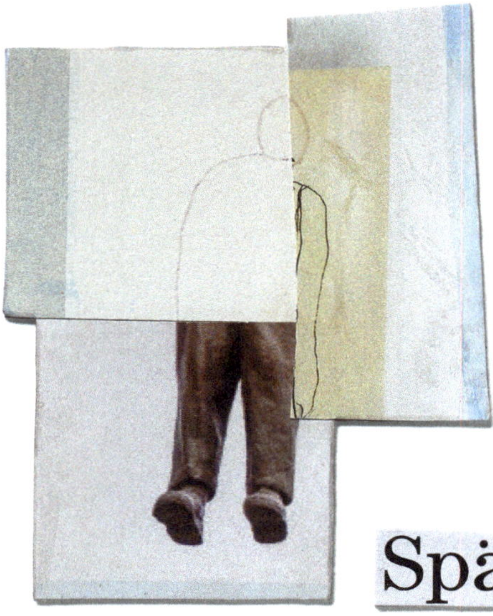

Spätestens

BEI dem LANGEN WOrt

Verfügungsgewalt hätte ich

sagen sollen damit kann

ich *nichts* anfangen

ich fragte WAS BEDEUTET
Anmerkungsapparat der Beamte
sagte SIE FINDEN hinten
auf Seite 57 EIN rotes
Quadrat

ICH fand
auf Seite
57 DAS
handgroße
rote Quadrat und DIE
mitgebrachte Wachsnasige BAT
schreib unser Thema war
mal das ZEBRA aber ich
schrieb nehmen wir AN ich
LEBE SO GERN man kann.

als ICH den
Fenstersprung der
jungen FRAU

ERWÄHNTE meinte DER
Beamte SIE allein wird
wissen warum. ICH sagte
von wissen kann KEINE
REDE SEIN

DIE großen spiegellosen
Fahrstühle DAS HOLZ der
Möbel die vorgegebenen
Zeitebenen DIE Herztakte beim
Zögern DAS schnell Gesagte die
Schnörkel DER UNTERSCHRIFTEN
die Unterschiede der STEMPEL
wir waren ALLE MÜDE

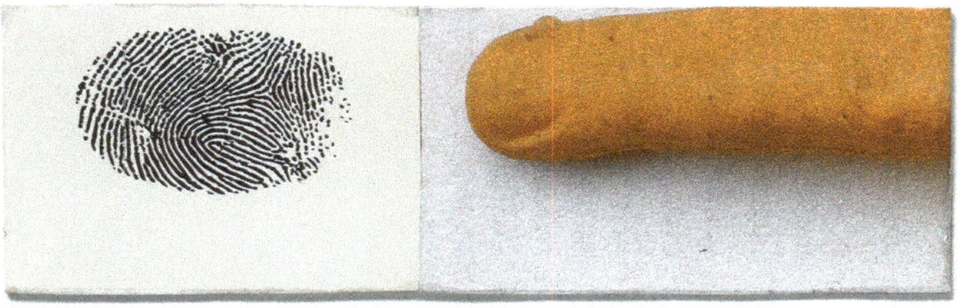

DIE Nacht trägt ihre
Brotscheibe über die BERGE
Meer IST keins DA
DIESES LAND macht uns
trara wenn wir UNS
jemals begegnen SPRECHEN
wir ALGEBRA

Die *unbekannte* stark geschminkte
DAME mit dem russischen
Akzent sagte: MAN denkt
sich MOOSGRÜN wär der
Schnee wahrscheinlich IM
SAMTKOSTÜM nicht IM
Sterbehemd

Ich habe geträumt IM Café AM
Platz setzt sich DIE FRAU
mit dem Dutt ZU mir UND ich
sag IHRE Brosche ist ja gar
nicht AUS Perlmutt DA sagt SIE
DER Vogel ist so WIE wir wenn
ER stirbt wird sein Körper ZU
Gips der REST WIRD Papier –

ich habe geträumt, ICH
bestelle IM CAFÉ ein Stück
von der weißen Torte aus
DER Vitrine die Kellnerin
sagt nur auf Rezept ICH
FRAG was iST denn drin Sie
sagt Lehm Seide der Klang
einer Geige UND Rosmarin

iN jedem WORT blieb EIN
Rest von DORT ein
BISSCHEN Weltrand
und sehr viel LIPPENSAND

DIE mitgebrachte Wachsnasige
sagte DU musst dich ändern
ich fragte wie NIMM doch
ALS Beispiel DAS Tagheu

aus Schnee
sagte SIE
ES FLIEGT
ohne ZIEL

AM Tag LAG DER SCHNEE
vom Licht durchgebissen wie
unnützes Heimweh als ER
zu SCHMELZEN begann
kam kein Frühjahr ER fror
gleich wieder WIE GLAS
AN den Fersen AN

glücklich wurde ich SO

oft ICH konnte augenblicklich

traurig ohnehin im Uhrzeigersinn

das Jahr besitzt zwölf Hemden, MAN
Sieht nicht was geschieht
DIE Zeit iST kurz und
macht ein langes Gesicht
Ich begegne meinem
Leben nicht

MEIN Schutzengel IST
immer noch das ZeBra
und WIR tanzen immer
noch IRARA mit dem
kalten SCHMUCK DES
Lebens SPRECHEN WIR
Algebra

1. Auflage 2021

ISBN 978-3-446-27082-4

Umschlag: Peter-Andreas Hassiepen, München
Motiv: Herta Müller
Reproduktionsfotografie: Jörg von Bruchhausen
Satz im Verlag | Druck und Bindung: CPI books, Leck
Printed in Germany

MIX
Papier aus verantwortungsvollen Quellen
FSC® C083411